Don Quich

Une histoire adaptée de l'œuvre de Mi

llustrations :
Marie-Pierre Olivier

Texte réalisé avec la participation de :

Madame Marie-Laurence Bozzi *(Professeur des écoles - Saint-Ouen 93)*
Madame Claire Hénin *(Professeur des écoles - Neuilly-Plaisance 93)*
Madame Catherine Mazier *(Professeur des écoles - Ivry-sur-Seine 94)*
Madame Anne Salvignol *(Professeur des écoles - Luxembourg)*

En Espagne vit un homme tellement passionné de romans de chevalerie qu'il en oublie la réalité.

Voulant partager sa passion avec ses amis, il raconte les exploits des chevaliers et les règles de la chevalerie au curé et au barbier. Un jour, il décide de s'inventer une autre vie...

Il choisit d'abord
un nom de chevalier :
Don Quichotte.

Il nettoie ses armes poussiéreuses, se fabrique une armure en carton et part à travers le pays sur sa vieille jument Rossinante pour défendre les plus faibles et plaire à la dame de ses pensées, à laquelle il donne le nom de Dulcinée.

Après avoir voyagé de longues heures sous un soleil ardent sans rencontrer âme qui vive, Don Quichotte aperçoit enfin une taverne.

Perdu dans ses rêves de chevalerie,

il croit que c'est un château, que le tavernier est un roi et que les serveuses sont des princesses.

Profitant de la folie de Don Quichotte, le tavernier, pour amuser ses clients, organise une fausse cérémonie et le sacre chevalier.

Pensant être un vrai chevalier, Don Quichotte retourne dans son village à la recherche d'un fidèle serviteur.

Chevauchant fièrement sa vieille Rossinante,
Don Quichotte entre dans le village.

Mais les habitants le regardent bizarrement.
Ils sont tristes, car ils ont entendu parler de la grotesque cérémonie qui a eu lieu à la taverne.

« Don Quichotte est devenu fou », pensent-ils.

Pendant que leur ami se repose de ses aventures dans sa chambre, le curé et le barbier décident de cacher tous ses livres de chevalerie. Ils construisent même un mur devant la porte de sa bibliothèque.

À son réveil, Don Quichotte est convaincu que la disparition de ses livres est due à un maléfice que lui a jeté son ennemi, l'enchanteur Friston.

Il décide alors de repartir à l'aventure et choisit comme serviteur Sancho Pança, le laboureur de ses voisins.

Après quelques jours, Don Quichotte, accompagné de Sancho Pança, monté sur son âne, voit
des silhouettes de géants.

Il en est sûr, ce sont les géants de l'enchanteur Friston, la fripouille qui a fait disparaître tous ses livres.

« Ils sont au moins trente ou quarante », dit-il à son fidèle Sancho.

Armé de sa lance et n'écoutant que son courage,
il galope vers les monstrueuses créatures.

Il attaque sans entendre la mise en garde
de Sancho.

« Maître, ce ne sont que
des moulins à vent ! »
crie-t-il.

Trop tard. Don Quichotte est projeté dans les airs par les ailes du premier moulin.

De nouveau sur les routes, Don Quichotte aperçoit au loin un troupeau de brebis.

« Regarde, Sancho, deux armées se livrent bataille. »

Il se lance au milieu de la bagarre, mais...

... il ne réussit qu'à blesser deux brebis.

Furieux, les bergers assomment
Don Quichotte et lui cassent quatre dents.

Une nouvelle fois,
sa folie lui joue un bien vilain tour.

Parti se réfugier dans la montagne, Don Quichotte décide d'écrire une lettre à sa douce Dulcinée.

Il lui parle d'amour et lui relate ses aventures de chevalier.

« Va, mon brave Sancho. Apporte cette lettre à ma belle », dit-il à son compagnon.

En chemin, Sancho Pança rencontre
le curé et le barbier.

Le brave homme leur raconte alors
ses incroyables aventures avec Don Quichotte.

« Nous devons absolument le guérir », décident-ils.

« **Mais comment le faire sortir de sa cachette** et le décider à rentrer au village ? » demande le curé.

« J'ai une idée, mais, pour que mon plan réussisse, nous avons besoin de l'aide d'une belle jeune femme », dit le barbier.

Ils envoient donc une belle et douce jeune fille nommée Dorothée à la recherche de Don Quichotte. L'ayant trouvé, elle le supplie de l'aider à débarrasser son royaume d'un terrible géant.

Don Quichotte accepte tout de suite de la suivre, sans se douter un instant que cette **histoire est inventée.**

Confiant, il quitte sa cachette. Dès qu'ils l'aperçoivent, le curé et le barbier se précipitent pour l'attraper, puis ils le ligotent et l'enferment dans une cage.

« À présent, rentrons au village et tâchons de sauver notre ami », dit le barbier.

Quelques jours plus tard, le drôle de cortège arrive au village. Tous veulent aider Don Quichotte à guérir.

Pourtant, le regard pointé vers l'horizon, Don Quichotte prépare déjà sa prochaine expédition.

À retenir de cette histoire

Don Quichotte

Passionné par les récits de chevalier, ce “gentil fou” prend le nom de Don Quichotte pour vivre à son tour d’incroyables aventures.

Sancho Pança

Choisi par Don Quichotte pour être son serviteur, ce laboureur va vivre au quotidien la folie d’un drôle de maître.

Le barbier

Très inquiet pour la santé mentale de son ami, le barbier trouve une idée parfaite pour le capturer afin de le soigner.

Dorothée

En se faisant passer pour une princesse en détresse, elle exécute à merveille le plan mis au point par les amis de Don Quichotte pour le sauver.

Le curé

Cacher les livres et murer la bibliothèque, avec son compère barbier, le curé fait tout pour tirer de la folie son ami Don Quichotte.

Perdu dans son imagination, Don Quichotte finit par ne plus savoir dans quel monde il vit. Il transforme la réalité jusqu'à croire que le vrai monde est celui décrit par ses passionnants livres de chevalerie. Au début, ses amis prennent cette drôle d'idée pour un caprice ou un jeu. Mais ils s'aperçoivent vite que certains se moquent de lui et que cela devient même dangereux. Malgré lui, ils décident de le sauver, mais Don Quichotte reste un chevalier errant dans sa folie… qui rêve à ses prochaines aventures !

Des mots à retenir

Barbier :
Ancien métier, ce terme désignait non seulement celui qui rasait la barbe, mais aussi celui qui pratiquait des interventions chirurgicales.

Dulcinée :
C'est l'ancien terme pour désigner une “amoureuse”.

Maléfice :
Pratique visant à nuire à quelqu'un.

Cortège :
C'est un groupe de personnes qui avancent ou défilent ensemble.

À la découverte de l'auteur

Le nouveau chevalier

Prénom : Miguel

Nom : de Cervantes Saavedra, en français Cervantès

Né le 29 septembre 1547

Lieu de naissance : Alcalá de Henares (Espagne)

Ses livres les plus connus :
- *L'Ingénieux Hidalgo Don Quichotte de la Manche* (titre complet)
- *Galatée* • *Nouvelles exemplaires*

Son style :
L'aventure de Don Quichotte est celle d'un héros de roman de chevalerie moderne, poétique et drôle. Miguel de Cervantès, qui fut soldat avant d'être écrivain, s'est sans doute inspiré de sa propre expérience pour faire vivre son “original” héros de cape et d'épée. Ce livre est considéré comme un chef-d'œuvre et son auteur est un des plus grands écrivains espagnols.

À découvrir dans

1

La Peau de chagrin

d'après l'œuvre
d'Honoré de Balzac

2

Le Capitaine Fracasse

d'après l'œuvre de
Théophile Gautier

3

Le Bourgeois gentilhomme

d'après l'œuvre de
Molière

4

Tartarin de Tarascon

d'après l'œuvre
d'Alphonse Daudet

5

Le Portrait de Dorian Gray

d'après l'œuvre
d'Oscar Wilde

11

Germinal

d'après l'œuvre
d'Émile Zola

12

Un bon petit diable

d'après l'œuvre de
la comtesse de Ségur

13

Cyrano de Bergerac

d'après l'œuvre
d'Edmond Rostand

14

Carmen

d'après l'œuvre de
Prosper Mérimée

15

Le Chien des Baskerville

d'après l'œuvre
d'Arthur Conan Doyle

la même collection :

6

Les Trois Mousquetaires

d'après l'œuvre
d'Alexandre Dumas

7

Le Fantôme de l'Opéra

d'après l'œuvre de
Gaston Leroux

8

Le Malade imaginaire

d'après l'œuvre de
Molière

9

Candide ou l'Optimisme

d'après l'œuvre de
Voltaire

10

La Case de l'oncle Tom

d'après l'œuvre
d'Harriet Beecher-Stowe

16

Les Misérables

d'après l'œuvre de
Victor Hugo

17

Gargantua

d'après l'œuvre de
François Rabelais

18

Le Cid

d'après l'œuvre de
Pierre Corneille

19

Le Grand Meaulnes

d'après l'œuvre
d'Alain-Fournier

20

Don Quichotte

d'après l'œuvre de
Miguel de Cervantès

Une collection disponible aussi en album !

VOLUME 1

La Peau de chagrin
Une histoire adaptée de l'œuvre
d'Honoré de Balzac
Illustrations de Julie Wendling

Le Capitaine Fracasse
Une histoire adaptée de l'œuvre
de Théophile Gautier
Illustrations de Marie-Pierre Olivier

Le Bourgeois gentilhomme
Une histoire adaptée de l'œuvre
de Molière
Illustrations d'Agnès Perruchon

Tartarin de Tarascon
Une histoire adaptée de l'œuvre
d'Alphonse Daudet
Illustrations de Laura Guéry

Le Portrait de Dorian Gray
Une histoire adaptée de l'œuvre
d'Oscar Wilde
Illustrations d'Emily Po'

ISBN 978-2-918145-14-1

VOLUME 2

Les Trois Mousquetaires
Une histoire adaptée de l'œuvre
d'Alexandre Dumas
Illustrations d'Agnès Perruchon

Le Fantôme de l'Opéra
Une histoire adaptée de l'œuvre
de Gaston Leroux
Illustrations d'Emily Po'

Le Malade imaginaire
Une histoire adaptée de l'œuvre
de Molière
Illustrations de Julie Wendling

Candide ou l'Optimisme
Une histoire adaptée de l'œuvre
de Voltaire
Illustrations de Laura Guéry

La Case de l'oncle Tom
Une histoire adaptée de l'œuvre
d'Harriet Beecher-Stowe
Illustrations de Marie-Pierre Olivier

ISBN 978-2-918145-15-8

VOLUME 3

Germinal
Une histoire adaptée de l'œuvre
d'Émile Zola
Illustrations de Laura Guéry

Un bon petit diable
Une histoire adaptée de l'œuvre
de la comtesse de Ségur
Illustrations de Marie-Pierre Olivier

Cyrano de Bergerac
Une histoire adaptée de l'œuvre
d'Edmond Rostand
Illustrations de Julie Wendling

Carmen
Une histoire adaptée de l'œuvre
de Prosper Mérimée
Illustrations d'Emily Po'

Le Chien des Baskerville
Une histoire adaptée de l'œuvre
d'Arthur Conan Doyle
Illustrations d'Agnès Perruchon

ISBN 978-2-918145-16-5

VOLUME 4

Les Misérables
Une histoire adaptée de l'œuvre
de Victor Hugo
Illustrations d'Emily Po'

Gargantua
Une histoire adaptée de l'œuvre
de François Rabelais
Illustrations d'Agnès Perruchon

Le Cid
Une histoire adaptée de l'œuvre
de Pierre Corneille
Illustrations de Laura Guéry

Le Grand Meaulnes
Une histoire adaptée de l'œuvre
d'Alain-Fournier
Illustrations de Julie Wendling

Don Quichotte
Une histoire adaptée de l'œuvre
de Miguel de Cervantès
Illustrations de Marie-Pierre Olivier

ISBN 978-2-918145-17-2

itak éditions

23, rue de la Maison Rouge
77185 Lognes

Tél. : 09 81 68 38 14
Fax : 01 77 65 60 37

info@itakeditions.fr
www.itakeditions.fr

Création couverture : delo - www.delphineeteolodie.coı

Impression : CSP (Customer Service Productior
19, rue de Verdun - 77410 Claye Souil

Diffusion et distribution : Polle
101, rue des Moines - 75017 Par